LETTRES

SUR

L'ALSACE

EDWARD MORIAC

PASSANT

EN

LSACE

lettres critiques et fantaisistes

BORDEAUX **PARIS** STRASBOURG

1868

À Monsieur Aurélien Scholl.

Ces Lettres *ont vu le jour sur les bords du Rhin, que vous aimez tant; l'auteur est Bordelais.*

Veuillez accepter la dédicace de ce nouveau-né, et puisse le lecteur ne pas le trouver trop indigne de son parrain.

PREMIÈRE LETTRE

Strasbourg.

Mon voyage. — Trait d'amour filial. — Strasbourg ; Kléber et Guttemberg. — Kelh ; extravagance de mon camarade de voyage ; évocation d'Alfred de Musset. — L'orchestre strasbourgeois. — Les *ABONNÉS*. — Ma visite à l'horloge de la cathédrale ; le coq. — *On lâche l'eau...* qui n'est pas de Cologne.

De Paris à Strasbourg il n'y a qu'un pas. Ce pas, je l'ai fait.

Le trajet, accompli à la satisfaction générale des voyageurs, n'a été émaillé d'aucun accident grave, ni autre. Vrai ! ma personne porte bonheur aux lignes qui la transportent. S'il arrive un accident quelque part, ce n'est jamais à l'endroit où je me trouve. Lorsque j'aurai abusé des chemins de fer français, j'irai essayer de la bienveillance des chemins de fer américains. Au moins, avec eux, on a quelque chance de dérailler.

Dans le compartiment où j'étais encaissé, se trouvaient un jeune homme, une jeune dame et un petit baby.

Comme nous pénétrions sur le territoire alsacien, le silence fut rompu par le marmot, qui se mit à pousser des cris que, dans une noble émulation, il rendit plus étourdissants à mesure que le train avançait.

En vain cherchons-nous à le consoler, rien n'y fait. Ses cris redoublent. A tout instant je m'attends à voir entrer un fonctionnaire quelconque, et je m'apprête à protester de mon innocence.

Le scandale allait grandissant.

La mère de l'enfant ainsi que le jeune homme ne savaient plus qu'imaginer pour faire taire le bambin, lorsque, prenant l'affreux moutard sur ses genoux, celui que je crois être son père lui dit :

« Allons, né bleure blus, mignon; si tu être pien sâche, che fas aller poire ine chôpe. »

L'enfant se tut.

Ce trait, si simple en apparence, m'a donné une haute opinion de l'amour filial en Alsace.

Salut! trois fois salut à la ville natale de Guttemberg! Avoir donné le jour à l'inventeur de l'imprimerie suffirait pour illustrer un pays, à plus forte raison une ville...

Kléber aussi est né à Strasbourg, et, comme Guttemberg, il y a sa statue.

Quel parallèle à établir entre ces deux forces : le sabre et le livre! Tandis que l'un s'attaque au corps, l'autre s'attaque à l'esprit! Bons tous les deux pour l'attaque et pour la défense, ce sont deux grandes puissances; et l'on a souvent constaté que la lame du sabre est moins cruelle que l'alinéa du livre. L'entaille faite au corps guérit avec le temps, la plaie faite à l'esprit ne se ferme jamais et survit même à l'individu.

Mes impressions sur Strasbourg sont diverses. D'abord c'est une ville fortifiée; et je ne puis voir des fossés, des retranchements, des glacis, sans réfléchir mélancoliquement à ce que l'on a dépensé de temps et d'argent pour le plus grand massacre de nos semblables. Les pierres de couleur rouge qui défendent l'accès de Strasbourg, semblent suinter le sang de ceux qui ont trouvé la mort sur ses remparts. J'ai songé à Charles IX, l'ordonnateur de la Saint-Barthélemy, mourant d'une sueur rouge.

Les environs de la ville sont agréables; et, pas à pas, promenant mes regards à droite et à gauche, je me rendis au pont de Kelh, qui mérite bien la visite que les étrangers ne manquent pas de lui faire.

On éprouve une certaine joie — j'ai remarqué cela chez un de mes compagnons de route — à fouler le sol du grand-duché de Bade, aujourd'hui presque territoire prussien. En mettant le pied sur l'autre rive du Rhin, un visiteur plus convaincu, plus exalté que les autres, a récité contre les élégantes fortifications de la station de Kelh, les couplets d'Alfred de Musset, composés en 1840, pour répondre à une orgueilleuse chanson de Becker, le poëte allemand :

Nous l'avons eu, votre Rhin allemand,

s'est-il écrié en menaçant du doigt la sentinelle badoise,

> Il a tenu dans notre verre.
> Un couplet qu'on s'en va chantant
> Efface-t-il la trace altière
> Du pied de nos chevaux marqué dans votre sang?

> Nous l'avons eu, votre Rhin allemand.
> Son sein porte une plaie ouverte,
> Du jour où Condé triomphant
> A déchiré sa robe verte.
> Où le père a passé passera bien l'enfant.

> Nous l'avons eu, votre Rhin allemand.
> Que faisaient vos vertus germaines,
> Quand notre César tout-puissant
> De son ombre couvrait vos plaines?
> Où donc est-il tombé, ce dernier ossement?

> Nous l'avons eu, votre Rhin allemand.
> Si vous oubliez votre histoire,
> Vos jeunes filles, sûrement,
> Ont mieux gardé notre mémoire;
> Elles nous ont versé votre petit vin blanc.

> S'il est à vous, votre Rhin allemand,
> Lavez-y donc votre livrée;
> Mais parlez-en moins fièrement.
> Combien, au jour de la curée,
> Étiez-vous de corbeaux contre l'aigle expirant?

Qu'il coule en paix, votre Rhin allemand :
Que vos cathédrales gothiques
S'y reflètent modestement ;
Mais craignez que vos airs bachiques
Ne réveillent les morts de leur repos sanglant.

Il faut le dire, la sentinelle interpellée ne s'est pas montrée très émue. Elle a laissé faire cet énergumène. Ses gesticulations n'ont pas appelé l'attention des autorités locales, la police n'est pas intervenue.

Kelh est une cité libérale : les étrangers ne sont tenus qu'à y dépenser beaucoup d'argent ; moyennant quoi, il leur est beaucoup supporté, parce qu'ils ont beaucoup acheté. S'ils voulaient mettre le Rhin en bouteilles, je crois qu'on les laisserait faire !

En pieux pèlerin, tout passant à Kelh achète des lithophanies, quelques verres de Bohême, ou des cigares allemands que l'on passe en contrebande, à la barbe des douaniers français, avec un petit battement de cœur qui n'est pas sans une certaine saveur : l'âpre saveur du fruit défendu. Veuillez noter que les cigares allemands sont assez mauvais.

Revenons à Strasbourg.

Si je vous disais que l'orchestre du théâtre de cette ville est le meilleur orchestre de la province, vous ne manqueriez pas de crier à la redite. On n'écrit pas : *Henri IV est mort ;* c'est de l'histoire.

Avant de quitter la capitale du *Bas-Rhin*, j'avais encore un pèlerinage à faire. J'avais à voir quelque chose dont un Strasbourgeois ne parle jamais qu'en rejetant fièrement la tête en arrière et en donnant à son ventre une extension que des chopes réitérées ne tarderont pas à lui procurer naturellement : j'avais à voir l'*horloge*.

« Laquelle?

— Comment, laquelle! Mais vous n'êtes donc jamais allé à Strasbourg? Laquelle? mais la seule, l'unique : l'Horloge de la cathédrale de Strasbourg! »

Il faut attendre midi pour assister aux grands jeux mécaniques. En attendant l'heure fortunée qui devait mettre un terme à ma curiosité bien légitime, je parcourus les rues de la ville. De la porte de Pierre à la porte d'Austerlitz, partout, sur mon passage, je remarquai de petits papiers collés sur les maisons, près des portes, où on lisait, imprimé en gros caractères, ce seul mot :

Abonné? — A quoi? — Au théâtre? — Au *Courrier du Bas-Rhin?*

Je demande le mot.

Passant à Strasbourg, M. Auguste Villemot — sans calembour — ne vit, dans ces petits papiers, qu'une adroite flatterie des habitants à son égard : « Bien sûr, disait-il, sachant que je suis rédacteur au *Charivari*, les

Strasbourgeois tiennent à me faire savoir qu'ils apprécient ma prose, et qu'ils sont... abonnés. »

Si, alors, la mode eût été aux conférences, nul doute que M. Villemot n'eût réuni « ces abonnés » sur la place Kléber pour leur faire un discours avec cet exorde à effet : *Il est doux de se trouver parmi ceux qui vous lisent.*

Abonné ! — Abonné ! — Je suis perplexe.

Onze heures trois quarts sonnent.

A l'horloge !

La porte de la cathédrale cède à ma pression. J'entre. Deux enfants de chœur tendent des bourses où le passant est tacitement invité à ne pas oublier le monument. Je passe.

En pénétrant sous les voûtes élevées de cette église, on est saisi par un immense respect. Les bruits du monde ne s'y font point entendre, au moins pour le moment, et le long de ces piliers, aux proportions colossales, il semble que la prière doit monter facilement vers Dieu. Après le réveil de la nature, ou le coucher du soleil en pleine mer, je ne connais rien qui invite plus à la méditation qu'une église vaste et entourée de sombres vitraux. L'homme s'y trouve plus petit ; Dieu s'y révèle plus grand.

Pourquoi faut-il que la sensation pieuse que l'on ressent en entrant dans ce temple soit immédiatement troublée par un va-et-vient insolite ? Pourquoi éveiller la curiosité publique dans un sanctuaire ?

1.

Les merveilles de l'architecture, les sculptures si remarquables et si délicates de la chaire, n'ont pas plus tôt attiré votre attention, que vous tombez en pleine exhibition. A gauche du maître-autel se trouve la fameuse, la célèbre horloge, rétablie par M. Schwilgué : une merveille de science astronomique dont les touristes ne viennent voir que l'appendice ridicule : un coq!

Un grand rideau rouge, mais fané, s'ouvre; le public se précipite. Nous sommes devant l'œuvre mécanique. Une foule assez considérable examine curieusement la partie automatique. Un sergent de ville, assisté du bedeau paroissial, fait serrer les rangs. On s'écrase contre le mur — heureusement qu'il est bien construit! — on s'entasse, on s'empile. C'est un chapeau transformé en gibus à la minute; ce sont des pieds humains qui montent les uns sur les autres, à la grande gêne de ceux qui se trouvent par dessous.

Attendons midi, nous serons bien récompensés de nos souffrances; car nous pourrons dire, de retour dans nos lares : « J'ai vu l'horloge de la cathédrale de Strasbourg à midi! »

Dans cette foule amassée qui m'entoure et me presse, il y a des Alsaciennes en costume national, des militaires en tenue, des enfants, trois Anglais — dont une Anglaise; il m'a semblé entrevoir un turban : ce n'était pas un zouave.

On cause... bien bas il est vrai; mais de cette agglomération d'individus s'élève un bourdonnement qui n'est pas celui d'une ruche d'abeilles ; il se rapproche de celui d'un parterre impatient.

Si le coq se trouvait enroué, il serait impitoyablement sifflé, tout comme un ténor de force ratant le *la* de poitrine. — Midi moins deux minutes!

Le silence est complet. On entendrait voler un foulard, selon l'expression de Laurent Jan.

Midi!

Le temps frappe les douze coups, et les apôtres défilent devant Jésus-Christ qui les bénit. Le public, bouche béante, attend encore. Il n'est pas satisfait, quelque chose manque à son bonheur. Tout à coup le coq bat deux fois des ailes, et un sifflet aigu fait entendre un *ko-ko-ri-ko* assez bien imité.

Ah! — Mouvement... et soupir de satisfaction.

Deuxième chant du coq. — Plusieurs personnes daignent sourire.

Troisième *ko-ko-ri-ko.* — On entend quelques rires non dissimulés,

Et le public enchanté

se retire avec bruit, malgré le bedeau g..:...criant dans le haut de la voix :

« Faites donc plus doucement, Messieurs! »

Puis on ferme le grand rideau rouge fané, en attendant la représentation du lendemain.

C'est triste!

Le monstre à vapeur poussait de gros soupirs ; les voitures de la Compagnie de l'Est n'attendent que les têtes couronnées, et je suis parti de Strasbourg sans être renseigné sur le mot *abonné,* et sans m'être rendu un compte bien exact de cette inscription murale partout répétée :

PAR ORDRE DE POLICE :

DÉFENSE DE LACHER L'EAU ICI

Quelle eau? — L'eau de Cologne?
Décidément, Strasbourg est une ville d'énigmes. Le Sphinx a dû y naître, y passer, y vivre ou y mourir.

DEUXIÈME LETTRE

Hohen-Kœnigsbourg.

Ce qu'on fait à Schlestadt le dimanche. — Excursion au Hohen-Kœnigsbourg. — Hallucination historique. — Une Mairie qu'il ne faut pas confondre avec l'Hôtel-de-Ville.

Que faire, le dimanche, à Schlestadt?

Le tour de la ville? — En cinq minutes je me trouvai à mon point de départ. Quelqu'un proposa une excursion aux ruines du château de Kœnigsbourg, et, quelques minutes après, le chemin de fer nous débarquait à Saint-Hippolyte.

Notre premier soin est de demander le chemin qui conduit aux ruines.

« Vous les voyez devant vous, nous fut-il répondu ; prenez ce sentier, et dans deux ou trois heures *vous serez rendus.* »

Plus tard, seulement, nous comprîmes l'atroce jeu de mots de celui qui nous avait renseigné.

Nous partons le cigare aux lèvres et les mains dans les poches : l'attitude préférée de Timothée Trimm, flânant sur les boulevards. Un aquilon glacial couperosait nos visages. Bah ! il n'y a pas de plaisirs sans peines, et un touriste n'a jamais reculé devant un bon rhume, une énorme fatigue, ou quelques engelures.

Pour l'intelligence du paysage, je dois vous dire que décembre couvrait la terre de son manteau blanc.

Plus d'une fois nous nous arrêtâmes en route. La montée était rude toujours, glissante souvent. Au cinquième londrès, nous touchions au but. Mes compagnons de route se dispersèrent. L'un voulut tourner à droite, l'autre à gauche ; moi, je continuai mon ascension directe, et bientôt, de ruine en ruine, de pierre en pierre, j'atteignis le point culminant.

Quel spectacle !

Les monts se découpent sur un ciel gris bleu ; ils sont couronnés de neige. Verts et sombres, les pins croissent en paix sur ces hauteurs : indifférents à la neige qui leur couvre les pieds, comme aux raffales du vent qui siffle dans leurs profondeurs. Dans la vallée, on aperçoit des habitations. On en voit d'autres accrochées aux flancs des montagnes voisines.

Quel calme ! Quel silence !

C'est comme un avant-goût de l'immensité céleste.
Nadar a raison quand il chante, dans son *Voyage aérien* :

> Oui, je le vois, l'immensité
> Ne sied qu'à l'essence divine.
> Je sens bien que l'humanité
> Frémit encor dans ma poitrine.

C'est donc ici, pensé-je en foulant le sol du repaire
féodal et en examinant curieusement ces murs détruits,
que le vautour bardé de fer mangeait la proie qu'il avait
enlevée dans les environs !

Pauvres vassaux ! Taillables, pendables et corvéables
à merci, de quelles dîmes n'étiez-vous pas frappés?
Après le seigneur, le couvent. Après avoir satisfait aux
exigences du goupillon et de l'épée, que vous restait-il?
Rien. C'était votre part, manants qui nourrissiez ab-
bayes et châteaux. Vos troupeaux n'étaient pas à l'abri
des fantaisies de l'orgueilleux seigneur, et vos filles
subissaient un droit odieux que, maintenant, sous la
sauvegarde de nos lois actuelles, elles paient librement
à l'élu de leur cœur.

Temps de barbarie, qu'êtes-vous devenus?

Et pendant que mon imagination allait s'exaltant dans
le parallèle d'*Autrefois* et d'*Aujourd'hui*, je vis autour
de moi, comme par enchantement, se relever les murs
du vieux château. Les constructions modernes de la
vallée avaient disparu pour faire place à de misérables

cabanes, rares et isolées. Je voulus sortir du château : le pont-levis grinça sur ses gonds rouillés, les chaînes se tendirent. On baissa la herse : le chemin m'était fermé.

Je vis les anciens habitants de ce domaine repeupler leurs pénates : ils avaient quelque chose de vague et d'indéfini. Une sentinelle veillait en haut du donjon ; les seigneurs couverts de leur armure discouraient entre eux, tandis que des hommes d'armes, accoudés aux créneaux, semblaient déplorer l'inactivité dans laquelle ils languissaient. Les pages se tenaient attentifs aux ordres de leurs châtelaines ; et les valets, portant les couleurs de leur maître, veillaient à ce que tout allât bien. Par une bizarrerie assez étrange, ces hommes d'armes et ces preux n'appartenaient pas à la même époque : la framée gauloise y heurtait la longue épée à deux mains des chevaliers croisés.

Il faut croire que je n'étais point vu par eux : car ils allaient de-ci, de-là, passant près de moi, sans demander ce que pareil intrus venait faire chez eux.

Tout à coup le cor retentit. Un chevalier aux éperons d'or, l'oriflamme de Saint-Denis en main, se précipitait vers le château au galop d'un rapide coursier. Je reconnus Louis VI, dit le Gros. Il cria en passant :

« Le roi de France affranchit les Communes ! »

Et le premier mur d'enceinte s'est écroulé.

Il y en avait d'autres à démolir.

Après Louis VI, Louis XI s'avança, baisant les petits

saints de plomb attachés à son chapeau, et demandant hypocritement l'hospitalité du haut châtelain.

Au départ du cauteleux monarque, je remarquai que la deuxième enceinte s'affaissait, sourdement minée par un agent invisible et sûr.

Puis Richelieu parut. Fier et menaçant, il entra dans le manoir par une brèche. Un homme le suivait, comme lui tout habillé de rouge. Cet homme ne portait ni barrette ni camail; son chef était coiffé d'un chaperon et sa main tenait une hache : c'était le bourreau!

Richelieu fit un signe, et la hache infamante s'abattit.

Comme ils étaient déjà loin, la soutane de Richelieu baignait encore dans le sang des nobles.

Les seigneurs se regardèrent, tristes et mornes. Après un conseil tenu dans la salle des Ancêtres, je les vis suspendre aux murs leurs lourdes armures, devenues inutiles, pour revêtir de brillants costumes, où la soie et le velours le disputaient au satin et à la dentelle. Ne pouvant rester *Seigneurs*, ils devenaient *Courtisans*. Ceux dont la tête portait fièrement le heaume empanaché troquèrent cette coiffure contre le feutre mou, bien plus commode aux civilités puériles du flatteur. Le pont-levis s'abaissa, ils allaient à Paris. Mon regard les suivit.

Lorsque je reportai les yeux autour de moi, sans changer de décoration la scène s'était modifiée. Je ne sais si le château était descendu dans la vallée ou si la vallée était montée jusqu'au château; mais la distance qui les séparait me parut considérablement diminuée.

Qui donc a pu faire un pareil miracle? — Qui? — Un ouvrier, Guttemberg : l'*Imprimerie!*

Une sourde clameur arrive jusqu'à moi, grossissant sans cesse. Un soleil rouge empourpre l'horizon. Voltaire passe en riant; il est suivi de l'*Encyclopédie,* dont les in-folio font office de béliers et de catapultes pour ébranler le donjon féodal, resté seul debout au milieu du château en ruines.

La clameur grossit toujours. Elle avance, elle éclate, elle tonne. Ce n'est plus un roi, un ministre, un écrivain, qui passe : c'est le peuple qui s'arrête.

Il faut en finir avec l'arrogant château de pierre.

Sur les monts environnants, un nouveau soleil se lève et dit : *Liberté,* où était écrit : *Servitude!* Un craquement sinistre se fait entendre, et le château féodal ensevelit la féodalité sous ses immenses décombres.

Le peuple avait fait justice.

A ce moment, je faillis dégringoler d'une assez grande hauteur. Une pierre, sur laquelle j'avais orgueilleusement posé le pied, dans mon enthousiasme de vilain affranchi et de manant libre, avait manqué sous lui.

« Que faites-vous si haut perché? me demandèrent mes compagnons de route, arrivant de tous côtés, vous avez l'air du petit caporal sur la colonne.

— Allons donc! reprit un autre, ne voyez-vous pas qu'à l'exemple de Franklin, il cueille l'étincelle électrique. »

Je ne répondis rien. Durant cette longue évocation de nos temps historiques, le sang m'avait monté à la tête. Je me sentais heureux d'appartenir, par la naissance, à ces hommes — les vilains et les roturiers — qui ont écrit en tête du Code :

Tous les Français sont égaux devant la loi.

Et cependant la noblesse est une belle relique! Un grand nom a sur mon imagination un empire que je ne cherche pas à combattre. Rohan, Condé, Créquy, Guise, Montmorency, Bayard ne peuvent laisser indifférent quiconque connaît notre histoire ou aime son pays. — Quoi qu'on dise, et quoi qu'on fasse, la noblesse a un prestige que je suis le premier à subir.

Cette dernière phrase, je l'avais prononcée à haute voix. Quelqu'un de la bande se mit à discourir pour me prouver que je n'avais pas le sens commun. Il parla tout le long de la route; cela me permit de descendre la montagne sans desserrer les dents.

Je n'étais pas encore tout à fait revenu de mon hallucination historique.

Le soir même, nous revîmes les murs de Schlestadt.

Avec la meilleure volonté, je n'ai rien à dire sur cette ville forte. J'allais à la gare, persuadé de l'inutilité de ses fortifications et du peu d'importance de la ville, lorsque, passant sur une place, je vis un monument faisant face à un autre monument. Jusqu'ici, cela ne prouve qu'une chose, c'est que Schlestadt possède deux monuments. Attendez. Sur l'un on lit :

MAIRIE

Sur l'autre sont écrits ces mots :

HOTEL-DE-VILLE

J'ai demandé au factionnaire quelle différence il faisait entre ces deux dénominations. Il m'a répondu :

« Passez au large! »

Ainsi soit-il !

TROISIÈME LETTRE

Colmar.

M. de Colmar et M. d'Altkirch ; rencontre nocturne. — La
Préfecture. — Les statues de Rapp et de Bruat ; M. Bartholdy. — Le Musée. — Les JUIFS d'Alsace. Préjugés.
Histoire de Pierre Schwartz et de Salomon Izaac. Intolé-
rances locales.

M. DE COLMAR. — J'aime à personnifier les cités dans
un être surnaturel s'appropriant les passions de la ville
qu'il représente, souffrant de ses misères et jouissant
de ses succès. — Donc, M. de Colmar revenait dans sa
ville de bon matin. Il devait y avoir séance du Conseil
municipal ; sa place était au milieu de l'assemblée, il
s'y rendait.

Sa démarche précipitée annonçait une personne pres-
sée ; mais, si rapide que fût son allure, elle ne l'empêcha

point d'entendre, sur son passage, comme le râle d'un mourant. — « On a tué quelqu'un par ici !... un Colmarien, peut-être? » — Il vole à l'endroit d'où partaient ces soupirs caverneux, et il trouve, affaissé sur le sol, M. d'Altkirch.

« Ah! mon Dieu, cher collègue, dans quel état es-tu?

— Je ne m'en relèverai jamais... je meurs...

— Qui t'a frappé ainsi?

— Qui? Cet ambitieux de là-bas : M. de Mulhouse.

— Comment! Non content de s'agrandir tous les jours dans tous ses quartiers, il pille encore sur les grandes routes!

— Si tu savais ce qu'il m'a pris.

— Ta montre?

— Plût au ciel! Il m'a pris ma justice, mon tribunal, la seule chose qui me donnait encore un reste de vie, un espoir de longévité : il a déménagé Thémis. Tu conçois mon état : plus d'huissiers, de notaires, de chicanes, d'avoués, d'agréés ni de plaideurs pour me soutenir. Aussi suis-je tombé, et pour longtemps. Il m'a dit en partant : « M. de Colmar s'enorgueillit de sa préfecture ; mais il ne l'aura pas longtemps. Il sort souvent la nuit ; son affaire ne sera pas longue.

— Diable ! j'y veillerai. Merci, confrère. »

Ainsi averti par le malheur de son ami et voisin, M. de Colmar fit germer dans l'esprit des Colmariens l'idée que la Préfecture allait être transportée à Mulhouse. Comment l'empêcher?

C'est bien simple — opina un membre influent du Conseil : — construisons, aux frais du département, une préfecture magnifique. De cette manière, la populeuse ville de Mulhouse paiera une grande partie du monument qui doit retenir à jamais dans nos murs M. le Préfet et la Préfecture.

Ce raisonnement fut apprécié et fort goûté. C'est ainsi que fut construite la Préfecture de Colmar, dans le quartier neuf de Rouffach.

Se non è vero..... je m'en lave les mains.

Le bâtiment est élégant; devant lui s'étend le Champ-de-Mars, agréable promenade où un kiosque reçoit les musiciens du régiment en garnison. Tous les dimanches il y a musique; c'est rendez-vous de noble compagnie.

Sur cette place, on remarque la statue du général Rapp; plus loin celle de l'amiral Bruat : toutes deux dues au ciseau de M. Bartholdy, jeune sculpteur de beaucoup d'avenir.

Une anecdote assez plaisante m'a été racontée, au sujet de M. Bartholdy. Lors du concours ouvert à Bordeaux pour les fontaines monumentales, il fut décerné une médaille d'or à cet artiste. Au jour de la distribution solennelle des récompenses, ce prix est appelé; un jeune homme gravit modestement les degrés de l'estrade.

« Il me semble, lui dit le président du jury, que votre père aurait bien pu venir lui-même chercher sa récompense. C'est faire peu de cas de notre médaille.

— Mon père? dit le lauréat très surpris. Pourquoi mon père, quand l'œuvre est de moi?

— Ah! etc., etc... » (Suit tout ce qu'un président beau parleur sait trouver pour réparer sa méprise.)

Le musée de peinture et d'antiquité est à voir. Il est petit, mais renferme des morceaux fort anciens et fort curieux; entre autres des retables bien conservés, une très belle mosaïque, quelques toiles de prix, l'armure d'un des plus célèbres tyrans de l'Alsace, et une admirable copie de la *Belle Jardinière* de Raphaël, dont l'original doit être au Louvre.

Parmi les curiosités les plus remarquables, il faut voir les travaux de patience d'un cafetier de l'endroit, qui avec des bouchons taillés est parvenu à reproduire pièce à pièce les grandes ruines de Kœnigsbourg, sur une échelle très réduite. On se demande, devant ce travail, ce qu'il faut le plus louer : du courage de l'avoir entrepris, ou de l'exactitude mathématique qui a présidé à cette reproduction.

Si je quittais cette région sans dire un mot des *Juifs d'Alsace,* vous ne manqueriez pas de penser que je pèche par ignorance, et je serais peiné que vous le *pensassiez.* — Aïe! — Je subjonctise maintenant! Est-ce que la nécropole académique aurait les yeux sur moi?

Le juif alsacien n'est plus le juif qui défraya tant et si bien la littérature d'avant 1830; il s'est beaucoup amendé. Maintenant on l'appelle *Israélite,* ce qui est le terme convenable par lequel on doit désigner ceux qui suivent la religion de Moïse.

Le culte hébraïque élève ses synagogues à côté des églises catholiques, en face des temples protestants ; sa religion est tolérée, et, comme quelques autres, elle a droit au feu et à la chandelle du budget français. Nous ne sommes donc plus à ces époques d'intolérance, où la persécution était l'adjudant du prosélytisme. Que vous adoriez le grand Lama, Wischnou, Jéhovah, Mahomet ou le Christ, vous ne devez compte à personne de vos croyances religieuses. Ce n'est donc point du juif en tant que religion que nous allons parler, mais du juif en tant que rapports sociaux en Alsace.

Il faut venir en Alsace pour se rendre compte de la haine que peut inspirer le nom de juif. Les fils innocents ont payé pour les pères coupables, ce qui démontre la grande analogie qu'il y a entre un préjugé et une brute. L'un ne raisonne pas plus que l'autre. Nulle part en France, disons-le, les juifs, plus qu'en ce pays, ne furent aussi rapaces, aussi avides, aussi malfaisants. Ils vivaient séparés d'un monde qui les repoussait ; et du quartier qui leur était abandonné, ils visaient la terre de celui-ci, la défroque de celui-là. Pour arriver à entasser or sur or, tous les moyens étaient bons. J'ai lu à Strasbourg un recueil de jugements dans lesquels il est condamné des Israélites ayant poussé la ruse au delà du possible. Cela ne veut pas dire qu'il suffisait d'être chrétien pour être honnête homme.

Dans les environs de Schlestadt, on raconte comment Pierre perdit ses terres et sa maison pour avoir accepté le clou de Salomon. Je prends ce récit entre plusieurs du même acabit :

« Pierre avait du bien, Salomon avait un clou. »

A ce début, vous comprenez déjà que bientôt Pierre perdra son bien et que Salomon perdra son clou.

Erreur. L'un des deux ne perdra rien.

« Depuis longtemps Salomon faisait des offres de service à son voisin Pierre Schwartz, mais celui-ci ne voulait point les accepter.

» — Tu es un juif, disait Pierre, je ne fais pas d'affaires avec toi.

» Deux ans se passèrent ainsi; Salomon ne se rebutait pas. — Il suffit d'un moment, disait-il à sa femme.

» — Que cherchez-vous, voisin? dit Salomon à Pierre un jour que celui-ci, un marteau à la main, regardait fixement par terre.

» — Je cherche un clou que je tenais à la main et qui vient de tomber.

» — Acceptez celui-ci.

» — Combien?

» — Oh! voisin, le plaisir de vous obliger..... Que clouez-vous?

» — Rien. Je plante un clou pour suspendre ce licou que la femme a trouvé sur la route, en revenant du marché.

» — Ah!..... Dites donc, Pierre, comme une belle vache ferait bien là... au bout de ce licou.

» — Hé! oui: mais je n'en ai point.

» — Voulez-vous la mienne? Franchement, ça me rendra service; je ne vous demande point d'argent, vous paierez quand vous voudrez, à votre aise, à votre fantaisie. »

Vous devinez facilement ce qu'il advint. A force de belles paroles, Salomon vendit sa vache. Il avança quelque argent pour réparer l'étable, qui ne servait plus depuis longtemps. Puis, il céda une petite prairie pour la vache de Pierre. Ébloui, circonvenu, Pierre accepta et acheta.

Salomon devint familier. A quelque temps de là, il dit à Pierre :

« — Il faut me signer ce papier.

» — Qu'est-ce que c'est?

» — C'est pour reconnaître que tu me dois; parce que, tu comprends, si je meurs, faut que mes enfants puissent réclamer ce qui est dù à leur pauvre père. Je sais bien que tu ne voudrais pas me faire tort d'un sou, mais tu peux mourir, et alors..... tu comprends?..... Allons, signe ce papier, et nous n'en parlerons plus. »

Pierre signa, ou plutôt il fit sa croix. Le papier qu'il avait signé — devant deux témoins — était tout simplement un billet à échéance. Pierre ne put payer, il offrit de tout remettre. Salomon s'y refusa. Il fit tout vendre, acheta, et rentra en possession de sa vache, de son pré et de *son clou*, dans une maison à lui, sur laquelle l'infortuné Pierre lui *redut deux cents francs*.

Pierre se pendit de douleur.

Le paysan tient à son bien plus qu'à sa vie ; quiconque le lui prend est son plus cruel ennemi. Le préjugé est tellement enraciné chez le paysan alsacien, qu'il y a des bourgades où pas un enfant d'Israël n'a encore osé se fixer — en 1867 ! — une époque de lumières et de progrès, à ce que nous lisons dans les journaux.

Il y a de cela six ans, un Israélite voulut habiter un village, dont je tairai le nom par un scrupule facile à comprendre ; aucun des propriétaires ne voulut d'un pareil locataire. Il acheta une maison. Dans la nuit qui suivit son installation, on cassa les vitres de toutes ses fenêtres. — *Il y a de cela six ans !* — Or, comme il y a des juges partout en France — comme à Berlin, en Prusse — on fit respecter la propriété.

Mais un arrêt de cour ne peut ordonner la sympathie, ou effacer un préjugé qui a des racines profondes, surtout chez ceux qui ne connaissent point les bienfaits de l'éducation. Cependant le préjugé s'affaiblit tous les jours, et avant peu, je l'espère, nous traiterons de *fable* ce qui aura été de l'*histoire*.

QUATRIÈME LETTRE

Guebwiller.

Comment je fus goûter la bière de Soultz. — La grand'rue de Guebwiller. — Saint-Léogedad. — La LÉGENDE des échelles. — Les Cosaques (1812) n'entrèrent pas dans Guebwiller. — Une fleur allemande. — Deux mots.

« Voulez-vous boire de bonne bière ?

— Je n'y tiens pas beaucoup.

— Vous n'aimez pas la bière ?

— Au contraire, mais...

— Pas de mais... Prenez le chemin de fer jusqu'à Bollwiller. Un omnibus vous attend à la gare et vous conduira à Soultz. Si vous êtes un amateur de chopes, vous m'en direz des nouvelles.

Pendant quelques minutes, je pris conseil de moi ; le résultat de la séance fut que je me dirigeai vers la gare. Et je bus de la bière à Soultz. Elle me parut excellente, en effet ; mais, quelque intéressante que soit l'absorption de ce liquide fermenté, on ne peut raisonnablement passer toute une journée à entasser chopes sur chopes et demi-chopes sur demi-chopes.

Je cherchais des distractions *extra-muros*.

« Quel est ce village là-bas? demandai-je à une jeune et fraîche Alsacienne.

— C'est une ville, Monsieur.

— Excusez mon ignorance. Comment la nommez-vous?

— Guebwiller.

— Merci. »

J'allumai un cigare, et, tout en regardant le système de drainage employé pour faciliter, dans les prairies, l'écoulement des eaux pendant la saison pluvieuse, j'arrivai bientôt à Guebwiller. C'est une ville — je l'affirme : on y trouve un huissier et un journal. Comme dans presque toutes les petites villes de l'Alsace ou de la Franche-Comté, une grand'rue absorbe les autres artères de communication. En cela, Guebwiller ressemble à Thann, Cernay, Sainte-Marie-aux-Mines, etc.

Une église assez moderne attira tout d'abord mon attention. Construite en pierres rouges, on dirait un monument taillé dans un bloc de briques. Les proportions en sont vastes, mais la masse est bourgeoise.

« Il y a une autre église plus loin, au bout de la rue, me dit un indigène que j'avais questionné sur les curiosités locales.

— Et un hôtel, je vous prie?

— Avant d'arriver à Saint-Léogedad.

— Vous dites?

— A Saint-Léogedad... ou Saint-Léger, comme vous voudrez. »

Je trouvai l'hôtel — celui du *Canon d'or;* — un peu après, je trouvai l'église.

Saint-Léger mérite toute l'attention de l'archéologue, des voyageurs, et, en général, de tous ceux pour lesquels un morceau rare est un sujet d'études ou un spectacle curieux.

Bâtis avec certaine pierre rouge dont il existe de nombreuses carrières dans le pays même, les deux clochers qui surmontent cette église attestent de l'ancienneté de son architecture; la porte d'entrée remonte à une époque bien plus éloignée encore. De grossières sculptures, spécimen d'un art dans l'enfance, décorent l'ogive de cette porte, sous laquelle ne passerait pas, sans courber la tête, un tambour-major du premier Empire.

L'intérieur, blanchi au plâtre, est fort disgracieux; j'allais me retirer, lorsque je ne sais quoi me poussa jusqu'au chœur. A gauche de la nef, en levant les yeux, je vis quelque chose de pendu : c'étaient deux échelles de cordes, avec crampons en fer, et trois petites échelles

de bois pouvant s'adapter l'une sur l'autre. Une inscription allemande accompagne le tout. Dans mon ignorance de cet idiome, riche en consonnes, je ne pus
donner un libre cours à ma curiosité fortement aiguil-
lonnée. En pensant au déjeuner, j'oubliai les échelles.
Au dessert, elles me revinrent en mémoire. Le petit vin
blanc que produit le pays m'avait réjoui le cœur, et,
dans ma préoccupation du bonheur de l'humanité, je
demandai l'explication des échelles de Saint-Léger.
Voici la légende que j'ai recueillie; je choisis la plus
simple, parmi les diverses versions qui circulent à ce
sujet :

Les Cosaques venaient d'envahir la France (c'était le
bon temps, soupira un boulanger de Cernay, le pain de
six livres se vendait dix francs !). Ils pénétraient un peu
craintifs, étonnés du peu de résistance qui leur était
faite, redoutant à chaque instant de voir surgir, de nos
champs souillés, des légions de volontaires armés pour
les défendre ; mais la France, épuisée par ses victoires
plus encore que par ses revers, affaiblie d'honneur,
d'argent et d'hommes, se laissa passer sur le ventre
par les cohortes du Nord, qu'elle avait été braver jus-
que dans leurs neiges.

Les étrangers marchaient sur Paris... une colonne
d'envahisseurs errait un peu à l'aventure... la nuit était
sombre... le soldat grelottait... Au loin paraît un gros
de maisons.

« Quel est cet endroit?

— Guebwiller, répond le guide.

— C'est là Guebwiller? interrogea un officier ; et, se mettant à rire, il continua : En 1444, les Armagnacs ne purent entrer, dit une légende populaire, dans les murs de cette bourgade. La Vierge leur était apparue si menaçante, qu'ils abandonnèrent le siége. Quant à nous, je crois que nous y trouverons bon gîte et bon repas. Il y a du bon vin. »

La colonne s'avançait, et sur la route le soldat reprenait courage en disant : « Bon gîte et bon repas. » Mais, ô surprise ! ô miracle ! Sur la première maison apparaît une femme, vêtue de blanc ; une lumière divine l'entoure, son bras — roide et droit — s'abaisse dans la direction de l'étranger, et semble lui dire : « Halte ! »

« Qu'est-ce ? » se demande l'envahisseur.

La vision avait disparu, mais pour reparaître plus éclatante et plus surnaturelle que la première fois. Et toujours un bras menaçant montre l'ennemi du doigt.

Les Cosaques campèrent hors ville. Leur imagination, en proie à une terreur fantastique, les arrêta dans leur course. Le lendemain matin ils s'éloignèrent, avançant toujours en France, mais regardant en arrière comme pour voir si au dessus de Guebwiller ne planait pas l'Ange Exterminateur.

La ville fut préservée du torrent de l'invasion, et c'est ainsi que l'on raconte la trouvaille de cinq échelles abandonnées par les Cosaques, pressés de fuir une ville défendue par les légions célestes. Les échelles furent consacrées à celle qui avait si miraculeusement sauvé la ville.

Tous les ans, dans la nuit anniversaire de cette délivrance, le propriétaire de la maison où s'est produite l'apparition dresse un autel qu'il entoure de bougies allumées. Faute de le faire, la Vierge, irritée, brûlerait la maison dans l'année.

Deux fois, m'a-t-il été dit, pour avoir omis cette pieuse attention, le feu a pris à l'immeuble ; aussi le propriétaire actuel n'a-t-il garde d'oublier le jour, l'autel et la bougie.

Ma curiosité était satisfaite.

Mais pourquoi la légende populaire se plaît-elle à faire de la Vierge une incendiaire ? — Pourquoi ne pas plutôt accuser la négligence d'une servante trop occupée d'un des ouvriers de l'importante manufacture de M. Schlumberger ? — le défaut de ramonage ? — ou quelque autre cause naturelle ?

C'est bien ainsi que nous sommes ! Pour nous rapprocher d'une divinité dont nous ressentons les effets, sans en pénétrer les desseins, nous nous plaisons à la gratifier de nos passions. Nous faisons Dieu vindicatif, parce que nous sommes haineux et rancuniers ; nous le montrons vain et colère, parce que nous sommes orgueilleux et avides d'hommages et d'honneurs.

Triste nature humaine, qui mesure tout à son aune !

La plus jolie fleur allemande que j'ai rencontrée, c'est à Guebwiller qu'elle fleurit. — O messieurs les botanistes, ne cherchez pas dans vos herbiers, elle n'y est certainement pas ! Je l'ai découverte tout au haut de la

Grand'rue, humble comme une violette. Cette fleur est le nom d'une rue, et ce nom, c'est :

KOHLBANHERTSCHIG

Si vous prononcez ce mot historique sans éternuer ou sans vous y reprendre à deux fois, recevez mes compliments : vous êtes digne du paradis de Mahomet !

Près de Guebwiller se trouve une montagne assez élevée, nommée le *Ballon de Guebwiller*. Ceux qui l'ont mesuré affirment qu'il a 1,450 mètres de hauteur. Je m'en rapporte.

Sur les chemins, un peu partout, j'ai rencontré beaucoup de croix; il y en a même sur les montagnes.

J'admirais tout bas la dévotion des habitants. Eh bien! je me trompais. Ces croix sont destinées à perpétuer à tout jamais dans la mémoire des peuples le souvenir des accidents arrivés sur les routes. Il y en a beaucoup.

Je veux vous faire part de deux mots recueillis, l'un à Soultz, l'autre à Guebwiller :

SOULTZ. — Deux buveurs de bière, la pipe de porcelaine à la bouche, accoudés sur une table, se parlent dans le nez :

« Messié Schroumann! c'est ine brafe homme. Il a donné vingt pur cent à ses créanciers, tandis qu'il y a des *canailles qui ne donnent rien di tut!* »

* *
*

GUEBWILLER. — Dans un hôtel — il y en a plusieurs :

« M. Schweïgoffer?

— Il vient de sortir, répond la domestique.

— C'est bien contrariant.

— Oh! oui. C'est qu'il a attendu une heure *sur vous.*

— Vraiment? Eh bien! je ne l'ai pas *senti!* » répliqua le Gascon vexé.

CINQUIÈME LETTRE

Mulhouse.

Milhusse. — L'hôtel du *Lion rouge* et la chambre du tzarewich Alexandre. — Mon opinion sur les *Guides*. — Le Théâtre municipal et ses acteurs. — Les PORTES de Mulhouse. — La Tour de Nesle. — Une célèbre dispute.

Milhusse! — nous crie l'employé de la gare. Nous descendons de wagon. Une voiture me conduit à un hôtel assez somptueux — celui du *Lion rouge* — où je suis accueilli avec tout l'intérêt que peut inspirer ma qualité de voyageur.

« Monsieur est étranger? me demande le sommelier.

— *Ya,* mon garçon.

— Monsieur a-t-il entendu parler de la Russie?

— Comment dites-vous?

— Je demande à Monsieur, si Monsieur a entendu parler de la Russie?

— Un peu au collège; mais beaucoup depuis la guerre de Crimée et la prise de Sébastopol.

— Alors Monsieur va être enchanté de visiter l'appartement dans lequel le tzarewich Alexandre s'est reposé en se rendant à Nice?

— Certainement... mais plus tard, après déjeuner. »

J'ai eu grand'peine à faire comprendre à ce larbin, transformé en fougueux cicérone, que l'appartement pouvait attendre et que mon estomac était dans une situation bien différente.

« C'est qu'il est mort à Nice, Monsieur.

— Mais, sacrebleu! je suis mort de faim! »

N'importe, voilà un renseignement qui n'est pas consigné dans les *Guides-Joanne...* ou autres guides.

Je dois vous dire que j'ai une horreur invincible pour ces livres officieux qui vous renseignent si exactement sur une localité, et vous donnent des explications si complètes, que vous pouvez faire le voyage sans quitter le coin de votre feu ou la tonnelle de votre jardin.

A quoi bon voyager et chercher des impressions, lorsque vous les admettez toutes notées? Pourquoi un guide qui voit, écoute, ressent, critique et juge pour moi? N'ai-je donc pas de bons yeux, qu'il me faille les besicles d'un autre?

Mais, m'objectera-t-on, il y a des choses qu'on ne peut deviner et sur lesquelles un guide vous renseigne.

C'est vrai ! — seulement vous oubliez l'amour-propre local. Je n'ai qu'à dire à n'importe qui, habitant n'importe quelle ville :

« Il y a un bien beau théâtre à Bordeaux ! »

pour qu'il me réponde immédiatement :

« Oh ! le nôtre n'est pas mal !

— La cathédrale de Tours est fort belle !

— Voyez la nôtre. Les voyageurs la trouvent très remarquable.

— Ah ! Monsieur, les monuments de Nîmes !

— Nous n'avons pas les mêmes ; mais voyez ceci, puis cela... etc... etc. »

J'aime à voyager un peu à la recherche de l'inconnu, de l'imprévu. Le guide m'inspire le même dégoût que la prostituée. Il vous renseigne moyennant finance, et court à la séduction du général Public, qui achète les mêmes renseignements pour le même prix.

Mulhouse rêve de devenir une des plus importantes villes de France ; et, ce qui est sûr, elle le deviendra. La filature des cotons, le tissage et l'impression des étoffes, occupent la presque totalité de la population ; c'est un petit Manchester, ce qui est loin d'en faire une ville artistique.

De musées ? — Je n'en ai point vu. Y en aura-t-il jamais ?

Il n'y a pas non plus de salle de spectacle ; car ma plume se refuse à donner ce titre à la grange enfumée sur la porte de laquelle on a osé graver ce mot :

THÉÂTRE

Si vous entrez dans cet édifice, levez la tête, vous distinguerez peut-être quatre médaillons peints dans l'intérieur de la *coupole*. Ils représentent, disent les archives municipales, Molière, Corneille, Shakespeare et Mozart, personnifiant la *Comédie*, la *Tragédie*, le *Drame* et la *Musique*.

Ce n'est ni beau ni ingénieux.

Ces *facies* regardent le lustre avec chagrin. Shakespeare a l'air de vouloir s'en aller ; Mozart, ahuri, semble implorer du coton pour se boucher les oreilles ; Corneille regrette sa gloire, qui lui fait servir d'enseigne en pareils lieux ; et Molière réfléchit tristement. Il doit penser qu'il est loin du jour où le Roi-Soleil l'admit à sa table, et lui fit manger de certain poulard succulent !

Si la ville n'a pas de théâtre, elle a encore moins de troupe pour le desservir. Colmar, chef-lieu, prête à Mulhouse, une fois par semaine, ses *comédiens d'élite*.

C'est ainsi que le public est admis — AVEC PERMISSION DE M. l'Maire — à assister, dans des prix doux, au massacre autorisé de quelques chefs-d'œuvre, tels que le *Barbier de Séville* ou la *Dame blanche*.

Quant à la comédie, quelques nouveautés, pitoyablement jouées, viennent apprendre aux Mulhousiens que

Sardou est un auteur dramatique, et que Siraudin, Clair-
ville et Delacour sont des vaudevillistes de talent. Pré-
vel, Koning, de Jallais et Busnach n'ont pas encore
pénétré sur le théâtre de cette ville.

On parle beaucoup à Mulhouse de la *Porte* de Bâle,
de la *Porte* Haute, de la *Porte* Jeune. Seulement, pas
plus de portes que de grives dans la plaine Saint-Denis.
En monuments, la ville montre sans orgueil une église
catholique toute neuve, et une église protestante dont
le clocher n'est pas terminé.

Cette cité a joué un grand rôle historique; c'est la
dernière ville de l'ancienne province d'Alsace qui ait
été réunie à la France — il n'y a pas de cela quatre-vingts
ans!

Le seul débris que j'aie découvert des siéges que
Mulhouse eût à soutenir, c'est la Tour de Nesle.

La Tour de Nesle à Mulhouse! — Est-ce que Paris,
le fier Paris, aurait plagié Mulhouse lorsqu'il construisit
le donjon qu'arrosa la Seine, et que Marguerite de
Bourgogne rendit célèbre par ses déportements? Peut-
être avez-vous fait cette réflexion en apprenant l'exis-
tence de cette tour? — Hélas! Paris historique n'a pas
un pareil plagiat à se reprocher; c'est le débris d'un
vieux château-fort, dans lequel Adolphe de Nassau brûla
le prévôt de Mulhouse, qui tyrannisait la ville. Cette
tour de Nesle gît au fond d'une impasse; elle est carrée,
de petite dimension, ressemblant fort à un moulin
sans ailes et hors d'usage, que l'on aurait coiffé d'un
toit de pigeonnier. Un filet d'eau sale lui lave molle-
ment les pieds, sans les nettoyer pourtant.

Me trouvant parmi quelques notables de l'endroit, qui m'avaient obligeamment accueilli, je voulus faire acte de connaissances historiques locales, et j'étais assez embarrassé du moyen adroit que je prendrais pour chatouiller agréablement leur amour-propre de citadin, lorsque je me souvins — heureuse mémoire! — qu'à l'article *Mulhouse*, le classique Bouillet dit : « Mulhouse » dispute à Munich l'invention de la lithographie. »

Parbleu ! voilà mon sujet.

Je n'attendais qu'une allusion dans l'assemblée pour faire parade de mon érudition. Personne ne me tendant la perche, je profitai d'un moment où la conversation traînait languissante pour demander, avec l'accent de la vive part que je prenais à cette question :

« Et Munich?

— Munich ! Bonne bière, dit l'un.

— Mais un peu rousse, fit le maître de la maison.

— Messieurs, répliquai-je, ce n'est pas de la bière de Munich que je parle, mais bien de votre célèbre dispute avec cette ville. Où en sommes-nous?

— Avec Munich?

— Oui.

— Pourquoi?

— Comment, pourquoi?... Mais tout l'univers est informé des termes déplorables dans lesquels vous êtes avec Munich à propos de l'invention de la lithographie!

— Bah ! Tout l'univers le sait! Et qui le lui a dit?

— M. Bouillet.

— Qu'est-ce que c'est, que M. Bouillet ? »

L'assistance se regardait. Personne ne connaissait M. Bouillet.

« C'est un savant, hasardai-je timidement.

— Un savant ? répliqua mon interlocuteur, c'est donc ça qu'il sait des choses que tout le monde ignore. Je croyais, tout d'abord, que c'était quelque voyageur de commerce qui vous avait fait poser. »

Jusqu'ici, j'avais toujours évité de me mêler aux disputes. Pour la première fois que j'y mis le nez, je ne fus pas heureux ! *Mea culpa !* — On ne m'y reprendra plus.

C'est dans ces sentiments que je quittai Mulhouse.

SIXIÈME LETTRE

Altkirch.

Tristesse de la ville. — L'église. — Rencontre d'Adrien. — Son histoire. — *Les VINS DE BORDEAUX en Alsace.* — Un mot sur les commis-voyageurs.

Cet ex-chef-lieu d'arrondissement, qui doit son nom à une église datant de 1254, et qui, démolie en 1844, fut reconstruite en 1850, est d'une tristesse désolante. Cette désolation, cette tristesse, dont j'ai déjà fait connaître les motifs, viennent de ce que la vieille Thémis — quoique aveugle — a transporté ses balances et son glaive à Mulhouse.

Aussi, vous tous qui passerez dans cette ville, gardez-vous bien de parler de Mulhouse ; — ce qui reste d'habitants à Altkirch vous regarderait de l'œil bienveillant d'un dogue affamé, auquel vous viendriez disputer un os — à moelle.

J'ai gravi le plateau du monticule autour duquel s'étagent, en espalier, les maisons qu'habitent les derniers Altkirchois. L'église d'Altkirch, de construction toute moderne, est d'une simplicité qui frise la misère. Les murs, aussi *nus que le discours d'un académicien*, n'offrent aucun attrait à l'archéologue ou au curieux. Une église neuve, avec de grandes ouvertures blanches, manque de poésie ; cela ressemble plutôt à une école de dessin qu'à un temple de prière.

En sortant de ma courte visite à *ce monument*, je remarquai un jeune homme assis sur un des bancs qui entourent l'église. Il était nonchalant ; et son regard, vague et noyé, semblait ne se fixer sur l'horizon que pour s'éloigner de l'endroit qu'il occupait, ainsi que pour en distraire sa pensée.

Je m'approchai sans affectation. A ce moment il leva la tête.

« Adrien !...

— Toi ici ? me dit-il ; ah ! comme c'est bon de rencontrer une figure amie. »

Et ce compagnon de pensums, que je ne revoyais qu'après huit ans, me sauta au cou.

« Tu es bien triste, camarade ; serai-je indiscret de t'en demander la cause?

— La cause?... elle est bien simple : je suis une des victimes de la nécessité d'*une position*.

— A propos, comment te trouves-tu dans ces pays froids et limitrophes?

— Je vais te l'aprendre. Depuis l'âge de dix ans, mon père n'a cessé de dire : « Toi, tu es né pour le commerce. » C'est probablement pourquoi, après avoir été, bien des choses, je tente maintenant les fortunes du voyage et celles du commerce.

— Tu appartiendrais à l'intéressante famille des *Gaudissards*?

— Hélas!...

— Et pour quoi voyages-tu?

— Pour les vins de Bordeaux.

— Pour des médocs... *authentiques*?

— Je le jure... mais je n'oserais l'affirmer.

— Très bien. Continue.

— Un beau matin, je suis parti pour faire des affaires. On m'avait montré l'exemple de brillants succès, et je quittai famille, pays, maîtresse, pour aller, à des distances considérables, trouver des gens qui ne sont pas obligés de me bien recevoir, et leur coller la marchandise de mes patrons.

— Et les affaires?...

— Médiocres. »

La pluie commençait à tomber, une large ondée se préparait.

« Allons à la gare, me dit Adrien, car je pars dans peu de temps, et je prévois un orage *à ne pas mettre un client dehors.* »

En marchant, nous causâmes des bords de la Garonne, où, **dit la chanson,** « *les femmes sont bonnes et les maris complaisants,*

« J'ai un service à te demander, lui dis-je au moment de nous séparer.

— Lequel?

— Donne-moi sur l'Alsace et sur les vins de notre département quelques renseignements que j'utiliserai prochainement.

— Tu les auras. Je t'écrirai une missive imposante. Adieu!

— Bonne chance! »

Il monta en wagon; la locomotive siffla, toussa, cracha, et partit.

Cette lettre, il me l'a adressée. Ce morceau, conçu dans les termes commerciaux voulus, est, néanmoins, assez littéraire pour trouver sa place ici. Mon camarade est un sagace observateur.

LES VINS DE BORDEAUX EN ALSACE

Monsieur,

Dans *votre honorée* du *** *vous* me disiez : « *Nous* serions
bien aises de savoir ce que vous pensez de l'Alsace, au point
de vue des affaires en général. » Je vais satisfaire à *votre*
désir.

L'Alsace est un pays jeune — j'entends comme richesse.
Longtemps en butte à des guerres qui le décimaient depuis
le treizième siècle ; tour à tour la proie de tyrans étrangers
ou domestiques, ce pays n'a eu de jours prospères que depuis
la cessation des guerres civiles, des guerres de religion et
des guerres d'envahissement qui dépeuplaient la contrée,
étouffaient tout germe de civilisation, et ruinaient son
commerce.

Par sa situation géographique, et sa position de frontière
rhénane, le pays a été couvert de fortifications. Vauban l'a
bouleversé, la stratégie a taillé en plein drap. Donc, je ré-
sume les faits : l'Alsace n'a joui de quelque paix que depuis
son annexion à la France, mais surtout depuis une cinquan-
taine d'années — au plus.

Lorsque le dernier Cosaque sortit de France, la patriotique
Alsace respira, ses larges poumons se développèrent ; elle
regarda son sol si fertile, ses habitants si ingénieux ; elle com-
prit que la seule arme irrésistible était l'*or*. Elle voulut en
gagner, et pour cela elle s'adonna complètement à l'*industrie*.
On filait un peu, on fila beaucoup. Les patrons qui avaient
dix tisserands en doublèrent le nombre ; puis, la mécanique
vint au secours des bras, et bientôt les toiles d'Alsace, si

vantées, si rares, si chères, furent livrées au commerce à des prix abordables, et se répandirent dans le midi de la France et surtout à l'étranger.

A une époque — vers 1840 — on voyait, dans les foires, de ces marchands forains, disparus aujourd'hui, qui colportaient de marchés en marchés des produits tirés de l'Alsace et des Flandres. Les transports étaient difficiles, alors; les voyages, longs, coûteux; et ces marchands ambulants voyageaient dans des voitures magasin et maison du négociant errant. Les chemins de fer ont tué ce genre de négoce.

De 1840 à nos jours, le développement de l'industrie des filatures de coton, des tissages d'étoffes, ainsi que celle des toiles peintes, a été immense. La fabrique de M. Dolfus Mieg emploit 7,000 ouvriers. Il n'en avait qu'une *trentaine* il y a *vingt* ans.

Je reviens à mon début : l'Alsace est un pays jeune, sous le rapport de la fortune; et j'arrive aux *vins de Bordeaux*.

La fortune entraîne nécessairement l'amour du luxe et la recherche du confortable. C'est alors que, dédaignant leurs crûs, les Alsaciens fêtèrent le Bourgogne et le Bordeaux. Leurs demandes réitérées donnèrent l'idée à quelques maisons de Bordeaux de faire passer leurs voyageurs. Ceux-ci, bien reçus, et choyés à leur arrivée, s'abattirent sur l'Alsace comme une nuée de vautours. Voyant leurs produits si fort appréciés, les négociants — presque tous — sophistiquèrent leurs vins, trompèrent leurs clients. Ayant en main une belle orange, succulente et juteuse, ils la pressèrent tant, si bien et si fort, que le client finit par crier comme un chat écorché. C'est surtout maintenant qu'il geint !

On les a si souvent trompés, ces pauvres Alsaciens, qu'ils ne sont pas payés pour avoir confiance. Aussi, qu'est-il arrivé? — C'est que la consommation a beaucoup diminué, et que l'Alsacien est devenu fidèle, bêtement fidèle, à une maison ou à une *marque*. Il préfère tomber sûrement dans un *fossé*, que de courir la chance de tomber dans un *précipice*. Le client est défiant, malgré ses dehors affables, surtout le client riche — le seul, aujourd'hui, qui consomme encore; car la classe intermédiaire se contente des vins du pays, ou des petits crûs bourguignons.

« Pour avoir *du bordeaux*, il faut le payer trop cher, disent les consommateurs; mieux vaut nos clairets que de mauvais médocs. »

Des généralités, passons à quelques particularités locales :

Mulhouse.

C'est la ville qui, de toute l'Alsace, contient le plus de clientèle riche. Excellente proie qu'une maison doit chercher à faire sienne; car la commande est forte et le paiement assuré. Mais, pour goûter de ce mets affriolant, pour arriver à cet Éden, il faut de nombreuses recommandations, voir souvent sa clientèle et donner de bons produits. Alors une maison a, dans Mulhouse, une bonne petite vache à lait qui se fait traire toute seule.

Après Mulhouse,

Colmar

est la ville où l'on fait le plus. Il ne faut pas se rebuter en voyant l'ancienne ville et ses noires maisons, dont l'intérieur ne semble même pas contenir d'habitants. Cette tranquillité, qui trompe l'étranger, est le manteau qui couvre force rentiers aisés, force fonctionnaires ou propriétaires. La vie s'y passe agréablement avec calme et sensualité. Ville d'avenir, Colmar s'est défaite de son enceinte fortifiée; elle s'en va, jeune, coquette et pimpante, étaler ses maisons neuves et ses promenades agréables dans le beau quartier neuf de Rouffak.

Schlestadt

est une ville morte, sans commerce et sans industrie. On y
parle bien de bétails et de grains, mais je considère Schlestadt plutôt comme un marché banal que comme un centre
d'opérations. Les cigognes ne s'y arrêtent même plus dans
leurs pérégrinations annuelles ; elles semblent préférer

Strasbourg,

important intermédiaire dans l'échange et le trafic des produits français ou allemands. On y fait, dit-on, un peu de
contrebande. Dans une ville frontière, populeuse et com-
merçante jusqu'aux toits de ses maisons, cela se comprend
mieux que les apparitions surnaturelles de La Salette. Cette
ville offre bien peu de ressources aux voyageurs pour les vins.
Strasbourg regorge de commissionnaires qui, tous, ont plus
de vin dans leurs caves qu'ils n'en boivent, plus de vin en
consignation qu'ils n'en vendent. Ils aspirent tous à acheter
de *vrai vin*... lorsqu'ils ne seront plus commissionnaires.

Restent les petites villes, les villages et les trous. Ils sont
visités aussi assidûment que les villes précédentes. Il ne
faut point négliger GUEBWILLER, CERNAY, WISSEMBOURG,
THÁNN, DORNAC, SAINTE-MARIE-AUX-MINES, BELFORT, etc.
On y peut faire de bonnes affaires.

Voilà, *Monsieur*, le résultat de mes observations ; elles sont
sincères, je les crois justes.

J'espère qu'elles satisferont *votre* curiosité sur ce pays,
tellement sillonné par les proposeurs de vin, qu'un homme
assez considérable du pays répondit, à ma requête pour une
commande, ces mots :

« Monsieur, j'ai la prétention d'être bien élevé, c'est pourquoi vous me voyez souriant. Mais que feriez-vous à ma place

si pendant trois mois de l'année, et dix fois par jour, vous receviez une visite comme celle que vous venez me faire ?

— Je m'y habituerai, » lui répondis-je.

Cette réponse lui plut, et il me fit une commande; mais tout le monde n'a pas le tact et l'esprit de M. X***; il y en a qui vous reçoivent... *mal.* D'ailleurs, dans quelque temps, il y aura, pour les vins, en Alsace, autant de *voyageurs* que de *consommateurs.*

Bien à *vous.*

ADRIEN D***

Je viens de parler de commis-voyageurs. Parbleu ! l'occasion est bonne pour en dire deux mots. On aurait tort de se figurer le voyageur d'aujourd'hui représentant le type légendaire que l'on aime à évoquer.

De la blague, ils en ont; mais ce n'est plus une condition de réussite, et quant à ceux qui amorcent le client par des tours de cartes et des farces de bateleurs, ceux-là font partie d'une race éteinte — comme celle d'Edgard Ravenswood. Il est bien entendu que l'on ne doit pas confondre quelques bohêmes voyageant et *lichant,* avec ceux qui savent être dignes et convenables partout et toujours.

En général, je les ai reconnus serviables, gais à la table et soutenant crânement leur réputation de *bons garçons*.

On leur reproche d'être un peu conteurs et très vantards ; je m'en étais aperçu.

Mais quoi !... le soleil lui-même a ses taches.

—————

SEPTIÈME LETTRE

Belfort.

Coup d'œil rétrospectif. — État du pays. — La brasserie. — L'Alsacien. — L'Alsacienne. — Les belles Juives. — La *beauté du Diable*. — Pas de CARNAVAL en Alsace.

Après un séjour d'environ un mois, je vais sortir de l'Alsace; et c'est de l'imprenable citadelle de Belfort que je me retourne pour jeter un dernier regard sur ce pays. L'étendue que je viens de parcourir borne au loin l'horizon, et le soleil, qui se couche, éclaire le paysage de ses reflets d'incendie.

Sur le Haut-Kœnigsbourg, j'ai vu passer l'ombre de Richelieu :

Ce fier vengeur du lis,
Tonnant autour du trône où son maître est assis ;
Disputant à la fois, et d'une ardeur pareille,
L'Alsace à l'Empereur et le Cid à Corneille,

et je vois encore le ministre-roi darder, d'ici, son œil de faucon sur la maison d'Autriche. Cet abaisseur des nobles — qui voulut partout et toujours la prépondérance de la France dans les affaires européennes — ne se doutait pas, malgré la profondeur de ses vues, que l'Alsace deviendrait un jour une des provinces les plus florissantes du sol français.

Avant son annexion à la France, l'Alsace, continuellement en butte aux exactions des pays limitrophes, ne pouvait prendre aucun développement industriel ou commercial. Les tyrans se disputaient la province lambeaux par lambeaux, à l'extérieur ; les guerres civiles — fruits de la religion réformée — maintenaient le pays dans des troubles perpétuels, à l'intérieur. Tout se réunissait pour l'entraver dans la marche civilisatrice des siècles. Ces temps sont passés. Aujourd'hui, la filature des cotons et le tissage des étoffes font abonder l'or chez les manufacturiers, tandis que le petit commerce reste stationnaire. Les fortunes particulières s'augmentent en raison directe de la fortune déjà acquise ; et la fortune publique ne s'accroît que très lentement. Cela provient de ce que — hors Strasbourg et Colmar — la population des villes se divise en deux classes : ceux

qui travaillent pour vivre, et ceux qui font travailler
pour s'enrichir; de là, de grandes fortunes et de pi-
toyables misères; de là, toutes les jouissances de l'opu-
lence pour les uns, toutes les envies de la médiocrité
pour les autres.

Malgré cet état de choses, personne ne se plaint, cha-
cun semble content de son sort. C'est qu'à côté de tout
mal se trouve le remède; et ce remède, c'est le temple
de Gambrinus, la brasserie, cette franc-maçonnerie
alsacienne, où l'ouvrier filateur peut oublier les millions
de son patron en s'asseyant sur le même banc que lui,
et en buvant de la même bière sortant du même ton-
neau. La brasserie tient une grande place dans la vie
en Alsace; on y trouve ses amis, ses connaissances; et
bienheureux sont ceux qui n'y cherchent pas l'ivresse
de la bière, la plus bestiale des ivresses.

On fait un mérite à l'Alsacien de parler deux langues
maternelles. Il vaudrait mieux, à mon avis, qu'il optât
pour l'un ou l'autre des idiomes dont il peut se servir.
Un français impossible ou un patois allemand, voilà le
cercle dans lequel il tourne. Que m'importe que Jean
Schwartzmann s'exprime en un dialecte nommé *allemand*, si, lorsque je lui demande un objet qu'il avait
égaré, il me répond :

« Vi, messié; che l'affre truffé terrière le mâle. »

lorsqu'il s'agit de ma *malle* de voyage, *derrière* laquelle
il n'a *rien truffé* du tout, mais derrière laquelle il a
trouvé quelque chose !

Et cette ingénuité d'un employé du chemin de fer à la gare de Mulhouse, criant aux voyageurs :

« Milhusse !... Milhusse !... les foyacheurs qu'ont des pacaches tescentent. Ceusse qui n'ont bas, tescentent tut de même... écalement... le même chosse... bareille-ment ! »

L'Alsacien est, en général, fort, robuste et adroit aux exercices du corps. Dans ce corps un peu apathique, circule un sang vif que révolte l'injustice et qu'enflamme la gloire des combats. L'Alsacien réfléchit beaucoup, parle peu, exécute avec une volonté calme et ferme, et poursuit, avec une énergie persévérante, le but qu'il s'est proposé. Bienveillant, quoique un peu égoïste, il se défie de l'étranger et ne l'introduit qu'à regret dans le sanctuaire de sa famille, qu'il aime... à l'égal de son drapeau ! — ce qui n'est pas peu dire.

Quant aux femmes, il y en a de belles, et elles le sont alors avec excès ; mais c'est la minorité, la grande minorité. Les Alsaciennes, généralement, sont de robustes blondes, solidement plantées, offrant à l'œil toutes les garanties d'une bonne constitution. Le sang leur afflue aux joues avec une impétuosité et une spontanéité rares dans les provinces méridionales : elles ont la *beauté du Diable*. Elles n'en ont guère d'autre. J'excepte, bien entendu, le majestueux type des Israélites ; le grand Salomon me paraît plus excusable, dans ses écarts conjugaux, depuis que j'ai vu à quel degré de beauté pouvaient encore arriver les débris du Peuple de Dieu.

Puisque je viens de parler de la *beauté du Diable*, que

l'on me permette de critiquer, en passant, cette dénomination que je trouve burlesque. Le Diable a une peau noire, des yeux rouges, des ongles longs et griffus, une queue, des poils et des cornes; je ne vois pas l'analogie que l'on peut trouver entre ces traits de messire Satanas et ceux d'une personne de beauté contestable, qui, en revanche, laisse épanouir sur une figure veloutée le brillant incarnat d'un sang riche et ardent?

Voilà de ces questions qui devraient être traitées en pleine Sorbonne, ou aux conférences non politiques de MM. Taine et Sarcey.

Un mot, et je termine. En Alsace, il n'y a pas de Carnaval. — C'est la vérité. Les grelots de la folie ne résonnent ni à Mulhouse, ni à Strasbourg. On ne sort pas un instant de l'ornière de la vie réelle pour entrer dans ce monde bizarre, étrange, fantasque, qui a nom *la Mascarade*. Pas de loups en velours dont la barbe de dentelle cache un sourire d'amour ou une douce promesse; pas un domino timide s'approchant de l'être aimé et pouvant, grâce à son vêtement de soie, déguiser l'émotion d'un sein qu'agite une chaste volupté!

Pas d'incidents! Pas d'imprévu! Toujours la vie réelle sans les rêves roses de l'imagination! Le Carnaval est court... mais c'est un temps où la jeunesse a des joies sans nombre, où l'âge mûr glane encore... parfois, et où la vieillesse sourit à nos jeunes exploits en racontant ses campagnes passées.

Une heure après ma descente des murs de Belfort, une locomotive m'entraînait vers Montbéliard ; j'étais hors du Haut et du Bas-Rhin.

FIN

TABLE DES MATIÈRES

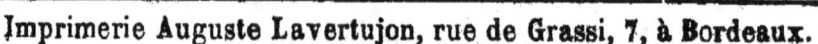

Imprimerie Auguste Lavertujon, rue de Grassi, 7, à Bordeaux.

www.ingramcontent.com/pod-product-compliance
Lightning Source LLC
Chambersburg PA
CBHW060820180626
46818CB00002B/893